KB211523

걸어서 숲이 내게로 왔다

유충열 ^{시집}

유랜드 출판사

걸어서 숲이 내게로 왔다

유충열 시집

| 시인의 말 | 첫 시집을 펴내면서

  2012년 ebook '꿈이 있어 아름다운 세상'을 펴내고 나서 나는 한 동안을 시를 쓰질 못했다. 대신에 나는 소설을 붙잡고서 '러브 앤 블로그 시티'라는 장편소설을 2015년에 책으로 펴냈다. 그리고 다시 3년이란 시간이 흘렀다. 시간이 이처럼 빠르게, 무심하게 흘러가는지 새삼 시간의 유수 앞에 소름이 돋는다. 새로운 작품을 위해 나름 노력했다고 생각했는데 이루어진 것은 없었다.

  이번에 시집 '걸어서 숲이 내게로 왔다'는 그 동안 종이책으로 활자화 하지 못했던 시들을 모두 엄선해서 수정하고, 보완하고, 보충해서 하나의 시집으로 새롭게 완성했다. 이번 작업을 하면서 그동안 오랜 세월을 책상 언저리에, 또는 모퉁이에 깊숙이 묻혀 지내던 시들이 햇빛을 보게 된 것 같아 새삼 나 스스로에게 감회가 새롭기도 했다. ebook에 실렸던 시들을 포함해서 새로운 시들까지 하나로 묶어 이 시집을 내게 되었음을 독자 분들께 미리 밝힌다.

  글을 쓴다는 것이 어떤 개인의 기록이나 인생사를 생각하면서 쓰는 것은 아니다. 하지만, 이 시집을 내면서 느낀 것은 오래된 시들을 다시 꺼내 쌓였던 먼지를 털어내고 다시 닦으면서, 나의 지나 온 시간들이 거기 거울처럼 옛 모습 그대로 새겨져 있음을 부인하질 못했다. '그래, 너희들 참 많은 시간들을 참고 기다렸구나!' '그 긴 시간들을 죽지 않고 살아서 다시 만나는 구나!' 이런 생각이 들었다. 이것이 바로 글의 힘이 아닐까 하는 마음을 갖게 되었고, 앞으로 이 생각을 항상 되새기면서 시나 소설을 써야만 할 것 같다.

혹자는 인터넷 시대에 종이로 된 시집이나 시가 무슨 큰 의미가 있겠느냐고 되물을 지도 모른다. 하지만 시를 쓰는 시인들은 하나의 시가 자신의 영혼을 담아내는 작업이기에 숭고하고도 경건한 행위로 느껴지는 것이 사실이다. 그런 만큼, 종이로 만들어진 한 권의 시집이 시인에게는 그의 모든 내면의 울림이 담긴 영혼의 그릇인 것이다. 종이로 만든 시집에는 아날로그적인 소박한 매력이 있다. 이런 소박하고 담백한 작업과 행위를 시인들은 사랑하는 것일 지도 모른다. 그것이 디지털 시대인 오늘날에도 시인들이 정성껏 종이책으로 시집을 만들고 묶어서 내는 이유일 것이다. 나에게 있어서 시는 나 자신이 살아있음을 증명하는 하나의 몸짓이고, 외침이고, 그 결과물이다. 그런 이유로 나는 앞으로도 계속해서 시를 쓰고 시집을 낼 것이다. 이십 대 때부터 좋아하고 종교처럼 숭고하게만 대하던 시를 이렇게 하나의 시집으로 묶어서 내면서, 다소 설레고 감격스럽지만 나름, 두려운 것도 사실이다. 독자들의 넓은 이해와 아량으로 읽어주시길 바랄 뿐이다.

2018년 첫 출판에 이어서 이번에 이 시집을 다시 발행할 수 있도록 배려해주신 광진문화사 유차원 대표님께 이 자리에서 감사의 인사를 드립니다. 또한 이 시집을 대하게 될 독자 여러분에게도 깊은 감사의 인사를 드립니다.

2025년 2월 겨울날에. 유 충 열

제2부 나는 작은 나무를 하나씩 심고 싶다

제3부 하얀 갈대

제4부 자고 나면 사라지는 사랑

제1부

걸어서 숲이 내게로 왔다

사랑으로 가득한 우주

그렇게 시간은 갔다.
우리들의 소중한 시간이 강물처럼 말없이 흘러가고
남은 것은 사랑의 흔적밖엔 없었다.

이 흔적 또한 세월이 흐르면
마음속에서 조차 자취를 감추리라.
그럼, 그 다음에는 무엇이 남을까?

영원히 남는 것은 이 세상에는 없다.
단, 하나
영원히 변하지 않으며 거기 그대로 존재하는
사랑으로 가득한 우리들의 우주가 있을 뿐이다.

봄의 침묵 1

봄의 긴 침묵에
여기 또 다른 봄이 울고 있어요.

세월은 쉼 없이 흐르고
삼월의 강물도
소리 없이 마르고

꽃이 피는 봄은 왔어도
우리에겐 깊은 겨울이 아직 남아 있어요.

봄의 긴 침묵에
삼월의 햇볕은 따스한데
바람은 차갑습니다.

봄의 침묵 2

우리들의 희망은 때론 낯설고 두려우며
때론 무의미하다.

그것은 간혹,
지하철 대합실에서 서성이거나
공중화장실에서 쓰레기통에 버려지거나
이미 빛바랜 낡은 손수건에 지나지 않는다.

우리들의 희망은
가끔은 거룩한 옷을 걸치고 코앞에 나타나
위로의 말을 던지다가도
고장 난 시계처럼 멈춰진 채
한없이 하얀 벽에 걸려만 있곤 한다.

지하철 노인 석에 앉아있거나
낡아빠진 전동휠체어에 기대어 있거나
우리들의 희망은 지난겨울 한강물에 추락한
얼어버린 봄처럼 어이없다.

우리들의 희망은
아직도 두터운 외투를 벗지 못했다.

개화를 기다리는 나의 찬란한 봄처럼.

봄의 침묵 3

침묵한다는 것은 아직 기다리고 있다는 것이다.
침묵한다는 것은 아직 때가 안 되었다는 것이다.
침묵한다는 것은 아직 올 것이 남아 있다는 것이다.
침묵한다는 것은 그래서 아직 희망을 버릴 때가 아니라는 것이다.

침묵은 아직 절망이 아니다.
그러므로 우리가 침묵한다는 것은
바로 그 침묵을, 이제 깰 때가 다가오고 있다는 것이다.

시와 꽃
- 젊은 날의 연인들을 위하여

그때는 밤을 새워가며 시를 쓰다가
새벽이 다 되어서야 피곤해 잠이 들면
너에 대한 꿈을 꾸곤 했어.

그러다가 날이 밝아지고
해가 중천에 걸릴 때 쯤
너에게 전화를 걸었지.

우리들의 약속 장소는 커피향이 진하던
하얀색 벽들이 아름다운 그 카페.

너와 내가 만나는 시간이 오면
내 가슴 속주머니에는
붉은 장미가 한 송이 시처럼 피어 있곤 했어.

빈자리에 앉아 꽃처럼 기다리던 너는
언제나 밝은 미소로 반짝였어.
그래서 우린 행복했지.

그때의 행복은 지극히 작은 것에서 피어났어.
함께 있는 시간들이

모두가 우리들의 행복이었으니까.

대학로 길을 함께 걸을 때나
너를 위해 어두운 골목길을 바래다 줄 때에도
나는 너를, 그리고 너는 나를 생각했지.

아름다웠던 청춘의 시간들이
짧지만 눈부신 작은 시어들처럼
아직도 하나씩 하나씩 기억 속에서 빛나고 있어.

우린 지금도 함께 걷는 날이면
바로 어제처럼 생생하게 그 시절이 그리워져
서로에게 밝은 미소를 짓곤 하지.

겨울비 내리는 도서관

축축한 겨울비가 내릴 때에도 나는 도서관에 앉아 있다.
겨울비가 도서관의 큰 창문들을 적시고
하얀 유리창들이 정원의 때늦은 단풍 색으로
물든 채 소리 없이 번지고 있다.

책장을 넘기는 나의 작은 귀에는
까만 이어폰 너머로 〈태연의 만약에〉가 흐르고
마음 속 늘 푸른얼음처럼 빛나는
나 만의 그리움을 잠시 생각 한다.

책상들 옆으로 오며 가며 책을 고르는 사람들
어리거나, 나이가 아주 많거나 아무런 상관도 없다.
모두가 절제된 모습으로 움직일 뿐
단정한 옷맵시나 허름한 옷차림이나
조용히 책을 고르고 자리를 잡고 앉는다.

오래 전부터 내 앞에서 책을 읽던 노인이
잠시 일어나 나가더니 자판기 커피를 한 잔 가져 온다.
그리고 다시 책 속으로 들어간다.

그걸 보다가 나도 커피 생각에

자리에서 일어서고 만다.

축축한 겨울비가 계속 내리는데
흩어진 채 봉분처럼 쌓여진 책 무덤 앞에서
책을 정리하는 어린 아가씨가 무척이나 고맙다.

별

– 잠 못 이루는 날의 연인들을 위하여

아주 멀리에 있어 아름다운 별이여!

지금 쯤, 비워진 시간 속에서
곤히 잠들어 있을 사랑이여!

우리들의 삶은 얼마나 유한(有限)하고
우리들의 사랑은
또 얼마나 작은 지.

거대한 별들이 지지 않는 하늘에
우리가 바라는 기적은
또 얼마나 초라한 지.

가슴 벅찬 희망과 뜨거운 열망이
그곳에선
하나의 짧은 음표(音標)들에 지나지 않음을.

잠들어 더 아름다운 별이여!

칠흑의 하늘에서 빛나는 따뜻한 너처럼
내 작은 사랑과 소원이

그곳에서도 함께 빛나고 있음을.

아주 멀리에 있어 아름다운 사랑이여!

세월

바람이 부네.

비가 내리네.

사랑이 가네.

세월이 가네.

사과

푸르른 가을 하늘을 가슴에 안고
문득, 아름다운 가지에서 떨어져 내게로 온
너는

빨갛게 익은 탐스러운 또 하나의 우주.

가을바람

무더운 여름날들이 가고
서늘한 바람이 내게로 불어온다.

시처럼 나의 사랑은 언제나 멀리서 손을 흔들고
내 살아 온 발걸음들은 아직도 작기만 한 데

발걸음 작게 왔다가
발걸음 더 작게 사라지는 삶도
또 다른 인생의 맛일 수는 있지만, 이대로 우리가
떠나고 나면 그 누군가가 우릴 기억해줄까?

사랑처럼 나의 시는 언제나 멀리서만 그림자를 드리우고
한 세월 분주하기만 했던 나의 존재는
긴 세월 한 발짝 미동도 없이
저 공원에 우뚝 서있는 메타세콰이어만도 못하다

낙엽을 부르는
가을바람이 깊어진다.

이 서늘한 계절에
갈 길 먼 나의 삶은 자꾸 더 조급해지려고만 하는데 ......

밝은 달 안의 하얀색 나무 대문

저 밝은 달 안에는 내가 좋아하는 하얀색 나무 대문이 늘 걸려 있지.

그 하얀색 나무 대문 앞에는 작은 마당이 있고, 작고 고요한 마당 옆
키 작은 보리수나무 아래로 자그마한 나무 벤치가 놓여 있어.
시간이 날 때면 나는 가끔씩 그곳으로 가곤 하지.

그 나무 벤치에 앉아 커피를 마시거나 책을 읽어.
나는 릴케나 기탄잘리를 주로 읽곤 하지.
그래서 난 결코 외롭지는 않아.

간혹 눈물이 나려할 때나 고독할 때면
난 그곳에서 그리운 사람들을 생각해.

저 밝은 달빛 아래에서 하얀 나무 대문을 바라보노라면
나의 사랑을 생각해. 그리고 너와의 이별을 생각해.
우리가 다시 만날 날을 기대하면서.

누구 든 간혹 눈물이 나려할 때나 고독할 때면
그 나무 벤치로 와서 나를 찾아도 좋아.
아무런 연락도 없이 와도 상관없지. 그냥 내 이름을 부르면 되거든.
그런 날엔 언제나 내가 거기 있을 테니까.

저 밝은 달 안에는 내가 좋아하는 하얀색 나무 대문이 늘 걸려 있지.

그 하얀색 나무 대문 앞에는 작은 마당이 있고, 작고 고요한 마당 옆
키 작은 보리수나무 아래로 자그마한 나무 벤치가 놓여 있어.
시간이 날 때면 나는 가끔씩 그곳으로 가곤 하지.

사랑

내 어깨 위로 그녀의 턱이 고이고

내 무릎 위로 그녀의 머리를 뉘이고

내 입술 위로 그녀의 입술이

나비처럼 내려앉는다.

네잎 클로버

조금 더 참았고
조금 더 노력했다.

남과 다른 잎을
하나 더 틔우기 위해서

찬비를 맞을 때나
찬 이슬을 맞을 때나

조금 더 아팠고
조금 더 강해졌다.

네잎 클로버는

너의 작지만 소중한
새 희망을 위해서

그녀는 갔다

그녀는 갔다.
봄꽃들이 흐드러지던 날에
그 어떤 약속도 없이

그녀는 갔다.
텅빈 지하철을 타고
나는 바닷가로 갔다.

해운대의 파도 소리와 함께
내 가슴 속 짙은 기억이 거기에 있었다.

그녀의 빛나던 검은 머리 결이
흰 모래 사장 너머에서
밤새도록 출렁거렸지만

그래도, 그녀는 갔다.

지워지지 않는 그녀의 향기가
수평선 위로 봄꽃 잎처럼 흩날리는데……

나의 인생

나에게 생명의 기적이 찾아 온 것처럼

그렇게 기쁘게 살다가 가리라.

내 안의 바다

내 가슴 속에는
거대한 바다가 있네.

아침과 저녁이면
흰 포말과 함께
우렁차게 밀려오고 밀려가는

큰 바다가 있어.

끝없이 출렁거리며
내 사랑의 경계를 허물고
내 고뇌의 벽을 지우는

큰 울림이 있어.

가슴 뜨겁게
한 세상.
나의 삶을 움직이는 바다여!

내 안의 희망이여!

동백, 떨어져서 더 아름다운 꽃아!

검은 돌담 아래로 차곡히 쌓인
검붉은 사랑.

섬 바람에 돌계단 위로 끝없이 내려앉는
붉디붉은 너의 눈물.
너의 흩어짐.

섬의 동백은
떨어져서 더 아름답다.
떨어져서 더 붉다.

이른 봄, 너의 작별이 붉어서
섬은 더 서럽다.
헤어짐이 붉어서 섬은 더 허무하다.

초록 잎사귀 무성한 그늘 아래에서
너의 사랑은 더 슬프고
너의 만남은 더 뜨겁고
너의 우정은 더 푸르다.

너의 그리움에 안개 낀 섬은 더 아련한데......

외로운 동백.

떨어져서 더 아름답다.
떨어져서 더 붉다.
너의 고독은 붉어서 더 아프다.

저만치 홀로 핀 동백.

떨어져서 더 아름다운 꽃아!
떨어져서 더 붉은 사랑아!

새벽 봄비와 노란 생강나무 꽃

그대 모르게
새벽바람에 봄비가 피었네.

어찌 깊은 잠에 님은 알지 못한 채
봄비가 활짝 피었네.

생강나무 노란 그리움이
산수유 보다 더 먼저
마당 너머로 살며시 찾아 왔네.

그대 잠 깨어나
지나 간 봄비 다시 찾아도
저 만치 떠난 산허리에 흰 구름만 날리고

내일이면 또 다시
그대 모르게
새벽바람에 봄꽃으로 내리리.

어찌 깊은 잠에 님은 알지 못한 채
봄꽃으로 고요히 내리리.

산수유 노란 아쉬움이
님의 봄길 가득히 채우리.

사랑의 이유

내가 당신을 사랑하는 이유는
당신의 아리따운 얼굴이 아닙니다.
언제나 피어있는 환한 미소 때문입니다.

내가 당신을 사랑하는 이유는
당신의 매혹적인 자태가 아닙니다.
세상을 바라보는 선한 시선 때문입니다.

내가 당신을 사랑하는 이유는
당신의 나 만을 위한 사랑이 아닙니다.
이웃을 향한 따스한 마음 때문입니다.

내가 당신을 사랑하는 이유는
당신의 밝은 똑똑함이 아닙니다.
고단한 마음들 곁에 함께하려는 사랑 때문입니다.

내가 당신을 사랑하는 이유는
당신의 훌륭한 친구들이 있어서가 아닙니다.
부족한 벗을 위해 동행하는 우정 때문입니다.

내가 당신을 사랑하는 이유는

언제나 남보다 앞서는 당신의 승리가 아닙니다.
넘어진 자에게 손을 내미는 희망 때문입니다.

당신의 그, 멋진 희망 때문입니다.

걸어서 숲이 내게로 왔다

이곳에선 끝도 없는 기다림의 시간.
목마름의 긴 세월.

황폐한 사막이 된 채로 나는 버텨야만 했다.

그러다 찰나의 순간이 오고
억만 장의 비가 내리고 푸른 하늘에 영롱한 무지개가 떴다.

찬란한 아침이 열리고
걸어서 숲이 내게로 왔다.
그리고,

나는 숲이 되었다.

눈이 오면
- 눈 내리는 날의 연인들을 위하여

1

눈이 오면
그대가 생각 나

흰 털모자 쓰고
하얀 방울을 흔들며

나에게 다가오던 그대가

작은 손잡고
함께 눈길을 걷던

그 시간이
그냥 그리워

2

눈 쌓이면
그대가 보고파
 환한 웃음 지으며
팔짱을 끼던

눈발 속의 그대가

나란히 발자국 남기며
하얗게 걷던

그 길이
마냥 아쉬워

3

어쩌다 겨울이 되면
흰 눈이라도 내리면

그 사랑이
그 날이

눈길처럼 하얗게
너무도 하얗게

못 견디게 그리워

아주 하얗게
......

가을은 잎을 지우고

가을이 깊어 가네요.

나무들은 저마다의 고운 색깔로 잎을 지우고
깊어진 이 가을에

우린, 우린 서로 어떤 색깔의 잎을 지울까요.

홀로, 아님 서로 같이……

어머니

남은 논밭 떼기야 얼마나 된다고
낡은 저고리에 빛바랜 고무신이
자꾸 헐거워지는 어머니.

그렇게 고향에 사신다.

무너진 관절이 아파 일어설 수 없어도
위장이 다 헐어져
낱알조차 삼킬 수 없어도 오직 자식 걱정.

마을 앞 큰 산 산그늘에 기대어
가끔은
가신 분 그리움에 젖으실까.

꽃길 만개한 봄이 오면
꽃보다 더 고결하신 우리 어머니.
자식 얼굴 볼 때마다 끝없이 무궁화 꽃처럼 웃으실까.

그렇게 고향에서 무궁화 꽃 일생을 지키신다.

제2부

나는 작은 나무를 하나씩 심고 싶다

비 오는 날

장마철이라 해도 정말 비가 많이 오는 날입니다.

이렇게 비가 많이 오면
왠지 누군가가 그리워지고

창밖을 보다가 우산을 쓰고 밖으로 나가 봅니다.
누군가를 마중 나가는 것처럼.

이 비를 맞으며 찾아 올 사람은 사실 아무도 없는데 ......

하루

바쁜 하루의 생활이지만
높아진 하늘을 가끔은 올려보시길.

하늘에 흐르는 흰 구름과 같이
그곳에 우리들의 인생도 소리 없이 흐르고 있으니

어디로 가는지 되묻지 않아도
찬찬히 올려다보노라면 스스로 알게 되리.

가을 태양

지금 저 태양이 내일은 다시 뜨지 않기에
우린 눈부신 이 시간을 애타게 붙잡고만 싶은 거다.

부서지는 찬란함을 위해서라면
쏟아지는 햇살 속에서 이대로 물든 채

황금빛 잎을 내리는 저 은행나무가 되고 싶다.

낚시 1

흐르는 강물에 낚시를 던진다.

흐르는 물살에 반짝이는 물결이
싱싱한 물고기의 은빛 몸뚱이처럼 춤추는
강물에.

그리고 기다린다.

기다림은 인내와 끈기가 필요하듯
이 생각 저 생각으로
허한 마음 가라앉히고 한 점 찌에 정신을 모은다.

바람결에 흔들리는 찌가 나를 본다.
흔들리는 내 마음이 너를 보 듯
강 물살에 움직이는 찌는 무의미하다.

확실한 확신이 없는 한
너의 작은 동요는 나에게 무의미하다.
우리가 원하는 물고기는 그렇게 오지 않는다.

날카롭게 낚싯대를 당겨야 하는 순간은 쉽게 오지 않는다.

눈앞의 수초더미 사이로
피라미들만 떼 지어 모였다간 사라지고

오늘도 진정한 월척을 기다리는 것은 욕심일 뿐이다.
우리들의 삶은 어쩌면 준치로도 만족해야 할 과분함일지 모른다.
그래도 우린 월척을 기다린다.

바람결에
저 옆으로 비켜 서 있던 갈대들이 서걱거린다.
언제나 내 귓가에서 서걱거리는 하루, 그리고 또 하루......

투명한 강바닥은 보일 듯, 말 듯
흐르는 강물에
잔잔한 내 가슴이 저녁놀로 물들어 오는 때이다.

낚시 2

낚시 바늘에 꿰인 물고기의 주둥이를 본다.

피맺힌 물고기의 놀란 눈동자가 허공을 노려본다.

산다는 것은 가여운 피눈물인가 보다.

무언가에 주둥이를 꿰인 체 몸부림 쳐야만 하는......

단지, 이 끝이 곧바로 죽음이 아니길 바랄 뿐이다.

행복

만약 이 세상이 행복하기만 하다면
내가 행복을 꿈꿀 수 있을까?

만약 이 세상이 아름답기만 하다면
내가 아름다운 인생을 꿈꿀 수 있을까?

아픔과 시련의 이 삶 속에서도
희망을 가질 수 있기에 나는 행복하다.

나는 작은 나무를 하나씩 심고 싶다

비탈진 이 언덕에, 황량한 이 벌판에, 쓸쓸한 이 마을에, 모래의 이 사막에, 복잡한 이 거리에, 요란한 이 도시에, 이곳에서 사는 사람들의 마음 속에 나는 작은 나무를 하나씩 심고 싶다. 그래서 이 나무들이 줄지어 자라고 씨를 뿌려서 우리가 사는 이곳을 좀 더 푸르게 했으면 좋겠다.

그리고 봄, 여름, 가을, 겨울 언제나 이 나무들이 거기 그 자리에 한 편의 시처럼 서 있었으면 좋겠다.

그러다가 바람에 흔들릴 때마다 싱그러운 시어들의 향기를 주위에 날려 주었으면 좋겠다.

삶은 한 순간의 꽃향기와 같은 것

나 그대의
꽃향기를 사랑했네.

비구름이 치고
눈꽃이 부셔져도

먼 이별의 세계에서도

나 그대의
꽃향기를 기억하네.

푸른 나무

저 푸른 나무를 본다.
밤새 내린 비에도 아랑곳하지 않는
한 그루 푸른 나무를 본다.

기둥 같은 몸짓으로 우뚝 선
하늘을 안을 듯, 팔들을 활짝 편

붉은 흙에 뿌리를 박고
흐린 날에도
그 푸른 나무가 나를 바라본다.

꿈

내 어릴 적 꿈은 박애주의자였지.
그런대로 꽤 멋있었지.
슈바이처 박사나 테레사 수녀님처럼 참 고상하게
가난하고 병든 이들을 위해서
내가 함께 하는 것이었어.

그러다가 그 꿈이 현실적으로 힘든 것 같아
나의 꿈은 연극배우가 됐지.
매끄러운 무대 위에서
미친 사람처럼 울고 웃다가, 춤추고 뒹굴며
세상의 모든 삶을 전부 다 살아보는 것.

거기서 나는 고달픈 인생을 보았지.
힘들고, 무의미한 인생을 바라만 보다가 위로하고 싶어졌어.
짧지만 단단한 한 줄의 시어들로
우리들의 삶을 위로하고 싶었어.
그렇게 나의 꿈은 다시 시인이 됐지.

하지만, 어쩌다가 또 다른 꿈이 찾아와 결혼을 하고
한 줄의 시 같은 아내와
한 줄의 시 같은 아들을 둘씩이나 얻었어.

가족이란 더 큰 새로운 꿈이 또 다시 생긴 거야!
가장이된 책임감으로 억세게 일하며 먹고 살아야 했어.

밤이며 낮이며 뛰고 또 뛰었지.
이젠 꿈이 일이고 일이 꿈이 되었어.
뭐 어때! 이게 현실이니까. 그래도 참 행복하고 좋았지.
하지만 돌아서서 보면 난 늘 제자리걸음 뿐 인거야!
넉넉한 삶은 늘 이웃에 사는 천재들의 이야기였어.

이건 아닌 것 같았지.
돈 많은 현실만이 가장 값진 나의 꿈이라고 믿게 되었어.
꿈은 현실이 되고 현실은 이제 꿈이 된 거야.
아니 뭐! 그럴 수도 있잖아!
나도 모르게 이젠 꿈이고 똥이고 뒤죽박죽이 된 거지.

어느덧 벌써 내게 주어진 백세의 반이 날아갔어.
이제 진짜로 어떡할 건지. 깜깜했어.
아니! 이미 인생의 반이 훨씬 넘었을지도 모르지.
오늘도 많은 시간들을 구기면서 생각한 건데
내 어릴 적 꿈의 작은 불씨들을 하나씩 하나씩 되살려봤어.

앞으로 나의 꿈은 또 어떤 모습으로 변할 런지.
꿈과 현실은 왜 항상 하나가 될 수 없는 건지.
돌아보면 그 둘 사이에서 늘 그렇게 방황하는 내가 있었어.
지나온 내 삶의 꿈 중에서도 그래도 가장 해보고 싶었던
박애주의자는 정말 언제나 한번 되어보는 건지. 나 참!

검정 구두
- 어느 가난한 가장의 눈물

그는 헤맸다.
한 가정의 아버지인 그는
하루 종일 황량한 거리를 누벼야만 했다.
시커먼 기름 먼지만 날리는 이 거리를

한 달, 두 달, 한 해, 두 해 ...
무엇이 문제인지
무엇이 잘못되었는지 이 거리들은 가르쳐 주지 않았다.
그는 미처 자신에게 되물을 여유도 없었다.

서로를 외면만하는 모두의 이 길 위에서
혼자 알아서 가야만 했다.
언제나 먹을 것을 찾아 헤매는 마치 늙어가는 하이에나처럼
부패한 자신의 살점들을 씹으며 그는 헤매야만 했다.

이제껏 그의 온 힘으로 버텨 온
어제의 삶들은 기적과도 같았다.
늦은 장마가 그의 발등을 적시는 길 위에서
우산을 받쳐 들고 일자리를 찾아 걸었다.

늦게까지 걷다가 집으로 돌아 온

그의 수확은 비바람만 가득 찬 텅 빈 가방 뿐
가족들은 그를 보며 일부러 모른 체 했다.
서로를 위한 외유(外流)의 시간들은 잡초처럼 자라나고 있었다.

젖은 몸으로 지쳐 누운 그를 낡은 이불이 감쌌다.
한 줄기 눈물이 그의 베개를 적신 그 다음 날에도
작은 현관 앞에는 언제나처럼 아침 해가 눈부시게 다시 뜨고
검정 구두 한 켤레가 찬란한 햇빛 앞에 세워졌다.

바람

바람은 시인.

구름으로 하늘의 시를 쓴다.

낙타

그래, 낙타여!
너의 아버지의, 아버지도
너의 어머니의, 어머니의, 어머니도
그들과 같이, 너의 고향은 모래바람 부는 사막이다.

불모(不毛)의 대지, 햇빛의 대지, 목마름의 대지가
네가 그토록 사랑하는 너의 고향이다.

모든 생명이 오아시스만을 생각할 때
꿋꿋이 홀로 모래 언덕을 향해 걸어가는 너는
사막의 바다를 떠다니는 배이다.
홀로 사막을 연결하는 희망이다.
우리들의 사막 지평(地平)을 가로지르는 힘찬 다리이다.

밤이면 무릎 꿇고 큰 눈을 껌벅이며 기도하는 너.
쏟아지는 무수한 별들의 밤하늘 아래에서
밤마다 모래바람 차갑게 불어도 긴 목에 얼굴을 파묻은 채
내내 새벽을 기다리는 수도자이다.

그래, 그래 낙타여!
너의 삶은 순례다.

십자가처럼 잔등에 큰 혹을 지고 일생을 걸어가는 구도의 길.
너의 길은 하늘의 별자리를 따라서 걸어가는 하늘 길이다.

오늘도 타는 사막의 대지에 넓고 큰 발을 내딛는
너는 전설처럼 현재를 살아가는 미래의 공룡 화석이다.

어느 날 아침
늙어서 병이 든 몸을 이겨내지 못하고
너의 가족들이 깨어 일어난 뒤에도
고요히 숨을 멈춘 채 잠이 든 너의 죽음은 거룩함이다.

온 생을 다해 소리 없이 사막의 길을 지켜 온
너는 우리들의 삶 속에 지워지지 않는 살아 있는 성자(聖子)이다.

귀

이 오묘한 기관이 음악을 듣는 일은
작지만 떨리는 나의 기적이다.

언젠가 그 떨림을 다하고 스러져야 한다면
매우 안타까운 멈춤이다.

이 기쁨의 기적이 사라지기 전에
저 아름다운 음악을

나는
좀더 가까이 사랑하고픈 작은 소망이 있다.

숲

내 마음 속에는 숲이 자라고 있다.

언제부턴지 모르게
울창한 큰 숲이 자라고 있다.

검푸른 잎들을 피운 채
수목들의 가지 뻗는 소리.

아무도 모르게, 지금
내 귓가에 지진처럼 자꾸만 커지고 있다.

푸른 장미

푸른 장미를 보았나요?
내 안에 군락(群絡)으로 핀 푸른 장미.

그 향기를 느끼셨나요?
그 끝없이 푸르고 푸른

혹, 그대도 푸른 장미를 아시나요?
그대도 모르게

그대 안에 이미 봉우리로 맺혀진 그 푸른 장미를 ......

호모 사피엔스 사피엔스

신장 ; 170센티미터. 몸무게 ; 70 킬로그램.
아이큐 ; 100. 이큐 ; 80. 에스큐 ; 40 .
개체수 ; 70억 정도 . 지구에서 유일하게 직립 보행함. 따라서 만
물의 영장이라고도 생각함.

거만하고 자만심으로 가득 차 있으며
갈수록 이기심으로 똘똘 뭉쳐지고 있음.

구르는 돌

사람들이 오가는 길 위로 구르는 돌.

어디로 튕겨질 것인지
튕겨져 그대로 박힐 것인지

아님, 또 다른 어디로 구를 것인지.....

친구에게 보내는 편지
- 죽음, 그 너머의 세계로

친구야!
너는 잊지 않았겠지.
우리가 죽음을 향해 달려가고 있다는
당연한 이 사실을.

우리들의 존재란
광활한 우주의 보이지도 않는 먼지와도 같고
우리의 인생이란
어둠 속에서 한 순간 반짝이다 사라지는
반딧불과도 같다는 것을.

친구야!
너도 알고 있겠지.
우리가 애착을 보이는 이 많은 것들이
죽음과 함께 사라지고 말거란 것을.

죽음, 그 너머의 세계로
남길 수 있는 것은 그리 많지 않다는 것을.
친구야!
우리는 내일 무엇을 남겨 놓아야 할지
이제 고민이 되는 저녁이라네.

사랑하는 나의 친구야!
저녁 노을빛이 아름다운 언덕에서
이 시를 적어보았네.
자네가 읽고 무슨 말이라도 해주길 바라네.

근사한 점심식사

토마토와 호박이
어울리지 않는다고 여기진 말자.

토마토와 꽈리고추도
어울리지 않는다고 여기진 말자

너와 내가 어울리지 않는다고
우리 앞서 속단하진 말자.

휴일 날, 아내가 해준 점심은
토마토에 찐 호박, 그리고 볶은 꽈리고추가 전부였다.

어울리지 않던 것들도 세월이 흐르면
그럴 듯하게 맞춰지는 건가!

아주, 근사한 점심이었다.

지렁이

술을 먹고
비가 억수같이 쏟아진 다음 날
이른 아침 초등학교 운동장에서
전날의 술을 이기기 위해
땀을 흘린다. 운동장을 뛴다.
한 바퀴, 또 한 바퀴

도시 속 그나마 텅 빈 이 세계를
잠깐이나마 즐기듯, 전신으로 느껴보듯
돌고 또 돌고
그러다 발견한 무지하게 큰 지렁이 한 마리.
오므렸다 펼쳤다
오므렸다 펼쳤다

이 넓고도 넓은 땅 저 끝까지
언제 다 기어가려는지
오므렸다 펼쳤다
이대로 누군가에게라도 밟히면 그대로 끝이다.
아는지 모르는지 대형 지렁이는 쉬지 않고
오므렸다 펼쳤다
오므렸다 펼쳤다

나는 나대로, 뛰다가 또 걷다가
뛰다가 또 걷다가

꿈이 있어 아름다운 세상

꿈이 있어서 우리는 내일을 기다린다.

오늘 하루가 힘들고 고될지라도

꿈이 있어 아름다운 세상.

꿈은 우리에게 끝없이 솟아나는 생명력의 샘이다.

그래서 나는 오늘도 꿈을 가꾸며 꿈을 지킨다.

임진각에서

한강을 따라
북으로, 북으로 가다 보면
더는 못 가는 곳
그곳에 임진강이 흐른다.

그 곳에서
한강과 임진강은
서로 만나 서해로 흐른다.

저녁 햇빛 속
축제하듯 얼싸안고 춤추며
하나가 되어 흐르다
뭉쳐진 강물은
큰 바다가 되고

서해 앞바다에
촛대처럼 선 강화도.

하늘 향해 빌고 또 빌었을
마니산의 참성단.
우리들의 조상 단군님들의

위로가 되었듯

갈라진 땅 하나로 모으고
흩어진 핏줄 바다처럼 만나
크게 웃으란다.

아침 해 솟듯
다시 더 밝게 일어서란다.

제**3**부

하얀 갈대

십자가

당신 앞에 서면
나는 늘 작습니다.

용서를 모르는 나는
화해를 모르는 나는

티끌처럼 작습니다.

당신의 고통.
당신의 사랑.
앞에 서면

내 모습은 간 곳 조차 없습니다.

하얀 갈대

서리의 어둠 속에서 아침을 기다린다.

온 밤을 강바람에 눕고 또 누워도
지울 수 없는 야윈 기억들은
하얗게 되살아나고......

겨울을 예감한 가냘픈 미소가
새벽의 눈물처럼 시리다.

아침 봄비

아침부터 비가 내린다.
온종일 이 비가

거리의 나무들을
풀들을, 꽃봉오리들을 깨운다.

매끄러운 아스팔트 차도와
각진 보도블록들의 인도를 두드린다.

아직 깨어나지 않은 봄.

사람들의 머리를 가린 우산을
그 가슴들을 흔든다.
이 비가

겨우내 지친 이 도시를 흔들어 깨운다.
그만, 깨어 일어나라고.

강 1

밤새 비가 내린 날이면
잠 못 들어 꺼칠해진 얼굴로 강둑에 섭니다.
온 몸이 젖은 당신의 울먹임을 들으러

울먹이는 당신의 가슴에도 비가 내리고
빗방울의 여운이 당신 가슴에서 어지럽듯이
함께 살아간다는 것은 어려운 건가 봅니다.

고달픈 삶의 무게로 끝없이 흘러내리는
당신 곁에서 맴도는 나의 삶은 너무나 가볍습니다.
물결 위로 쉽게 떠오르는 나무토막과도 같이

굵어진 빗방울을 맞으며
당신을 향해 복받쳐 우는 미루나무를 지나 올 때면
가슴이 온통 흐트러진 나는 철없는 아이입니다.

강 2

매일 밤 어둠을 용서하는 당신을 보았습니다.
나즈막히 신음을 흘리며 시퍼런 두 눈을 내리감는
당신의 캄캄한 상처를 알았습니다.
밤은 아마도 당신이 거절할 수 없는 사랑인가 봅니다.
석양이 다리 위로 능금처럼 걸릴 때마다
새들은 물든 세월의 가슴을 차며 날아오르고
어둠을 쓸어안는 당신 곁에선 설운 풀벌레 소리가
풀들을 적십니다. 더욱 짙푸르게......

봄날 1

소녀가 휠체어를 탄 채
물끄러미 길을 응시하고 있다.
봄 햇살을 받으며

정원의 파란 잔디 너머로
지나가는 사람들의
가벼운 옷깃이 바람에 날리고

소녀는 간밤에 핀
아기 장미를 한 다발 안고 있다.
장미꽃이 너무나 붉다.

곧, 타버릴 것만 같다.

봄날 2

온 동네의 파지를 줍는 할아버지
긴 세월만큼이나 낡은 빌라 담벼락에 기대어
주워 모은 파지 더미를 추리고 있다.

언제부터 이 일을 해왔는지 모르게
그의 검고 굵은 손마디가 느리게 움직이고 있다.
찬란한 아침 봄빛을 받으며

그의 검버섯 핀 주름진 얼굴은 더 검게 빛나고
옆에 있는 이빨 빠진 벤치가
그를 지켜보며 이른 날의 인사처럼 웃는다.

그가 일하는 이 순간들은
어제의 작은 수확과 인연들을 다시 헤아리고 만나는
또 다른 재회의 행복한 시간들이다.

희미해진 시력도, 멀어지는 청각도
무뎌져 가는 손끝의 촉각들도
닳을 대로 닳아져 버린 그의 망각을 막을 수는 없다.

어쩌다 반짝이는 그의 눈빛에서 찬란한 아침 햇빛이 튕겨져 부서진다.

차곡차곡 쌓이는 파지 더미가
점점 온기를 더해가는 봄 햇살에 기지개를 켠다.
몇 몇 남지 않은 그의 흰 머리칼이 봄바람에 살랑인다.

작은 기도

나에게 작은 창(窓)을 주소서.
큰 문이 아니어도 좋으니

나에게 더도 덜도 없는
조그마한 창(窓)을 하나 갖게 해 주소서.

언제든 그 창(窓)으로
들어오고 나갈 수 있는
작은 소유(所有)를 주소서.

그 작은 창(窓)으로
파란 하늘이 열리고 어둠이 닫히는
나의 무한한 희망이 되게.

어린 시절, 그때는

입춘 바람에 떨리는 나뭇가지 뒤로
불쑥, 어린 시절이 떠올랐다.
추억의 언덕 위로 불던
상쾌한 바람과 햇살들까지도.

생각나는 친구들의 얼굴들.
아직도 귓가에 울리는 함박웃음과
방과 후 몰려가곤 했던 고갯마루 예배당의 앞마당을
뒹굴며 뛰놀 때 자욱하던 먼지바람
그 매캐함까지.

그 때는 하늘빛이 고왔다.
길 가엔 친숙한 풀들이 자라고
개울마다 미꾸라지며 송사리가 떼지어 다니고
한길 가엔 쇠방울을 쩔렁거리며
달구지가 지나가고

바쁠 것도 없었다. 그 때는
열심히 살아가는 어른들의 건강한 얼굴과
굵어진 그들의 손마디가 정겹고
우리들은 작은 어깨로 물 지개를 지면서도
늘 웃고 살았다. 그 맑던 우물물처럼 ...

눈길 위에서

눈길을 걸었습니다.
하얀 절망이 길게 누워 웃고 있는
그 길 위로 뒤 돌아 보면
상처의 내 발자국들이
움푹 움푹 패여 떨었습니다.

눈보라가 몰아칩니다.
옷깃을 여밀 때마다
날카로운 얼음 조각들이 가슴에 와 박히고
참을 수 없는 눈물이 흘렀습니다.

텃새들이 파고드는 덤불을 지나
뿌옇게 얼어버린 햇빛을 향해
마냥 걸었습니다.
바싹 마른 강 바닥의 돌들은
차갑게 죽었습니다.

강 구석으로 실 같이 흐르던 물살이
어느 새 내 뺨에 흘렀습니다.
실낱같이 반짝이는 한낮에도
저 멀리 산봉우리엔

눈덩이들이 하얗게 빛나고

너무 추웠습니다.
죽은 자의 무덤들도 하얗게 빛나고
바람이 아무 곳이나 때릴 때마다 눈꽃들이
부서져 빛나게 피었습니다.
어디를 가든지

어디에서 머무르던지 그저 외로운
길을 나는 가고 있었습니다.
살아 있지만 죽은 듯
죽었지만 산 듯
그렇게 우린
우리들의 눈길을 가야만 하는 건지.

먼 하늘 위
한 무리의 재색 오리들이 날아올라
흐린 하늘을 휘젓다 떠나고
날지 못하는 나의 그림자가
그 뒤로 길게 엎드려 울었습니다.

어두워지는 눈길 위로
전봇대에선 엉킨 비닐들이 날리고
한 끼의 따뜻한 밥과 잠자리를 위해
사람들은 서로를 외면했습니다.

어디에서 쉴 것인가.
고민하는 삶은 언제나 전쟁이므로
고통의 발길로 다가서고
이 전쟁터에서 강물이 흐르듯
우리도 흐르듯 쓰러지리라.
쓰러지듯 죽으리라.

예전에 흐르듯 떠나가신
아버지가 생각납니다.
따뜻하던 그 분의 가슴이 그립습니다.
따뜻해 행복했던 그 분의 눈빛이
그 분의 사랑이
눈길 위로 한없이 그리워지는 날입니다.

어둠 속의 사람들
- 1986

어둠속에사람들이모이고있다모여소곤거리고있다어둠속에사람들
이제법많이모이기시작했다모여웅성거리고있다점점더모여들어소
리치기시작했다외치기시작했다서쪽으로, 서쪽으로움직이던어둠
속의사람들이다시동쪽으로, 동쪽으로이동하기시작했다이젠아우
성치기시작했다어둠속사람들의비명소리가쓰러지고있다쓰러진검
은비명들이더거칠게커지기시작했다가릴수없이커지고있다동쪽에
서, 동쪽에서이어둠이터질듯이, 터져붉은해다시솟을듯이......

박쥐

그대들은 박쥐들의 비행(飛行)을 본 적이 있는가?

날개 아닌 날개로
새 아닌 새의 가슴으로
젖은 하늘을 헤치며 어둠만을 삼키는

저녁 하늘에 떠도는
음습한 비애(悲哀)를 느낀 적이 있는가?

자신에게 조차
감춰진 그대들의 또 다른 뒷모습을.

소

비탈에 서서
언덕에 서서
풀을 뜯는다.

자신의 뿔을 잊고 산지 벌써 아득한 옛날.
쟁기를 끌다
수레를 끌다

수명이 다해 하늘에 올라 간 소.

장마당에서
사람들을 부르는 쇠북소리가 장엄하다.

바람이 일어

이름 없는 바람이 일어
작은 씨들이 날리고
잡풀들이, 잡풀들이

비켜서며, 비켜서며 길을 내고 있다.

잡풀들의 길은 우거진 숲을 지나
산을 지나
긴 강에 다리를 놓고

지평선까지 달려 간 길은
수평선까지 달려 간 길은
잡풀들의 길은 거기서 하늘을 만나고 있다.

작은 씨 날리는 바람을 타고......

찬바람을 타고 찬바람을 몰고
사방으로 구르며 아우성치며
밀려오고 밀려간다.

마른 소릴 지르며 마른 가슴들을 부수며
쓸려가고 쓸려온다.
굳은 땅을 가로질러 차디 찬 허공으로

찬바람을 타고 찬바람을 몰고
흐르는 낙엽의 강에는
알몸의 숲들만 허리 휘도록 운다.

낙엽의 강

찬바람을 타고 찬바람을 몰고
사방으로 구르며 아우성치며
밀려오고 밀려간다.

마른 소릴 지르며 마른 가슴들을 부수며
쓸려가고 쓸려온다.
굳은 땅을 가로질러 차디 찬 허공으로

찬바람을 타고 찬바람을 몰고
흐르는 낙엽의 강에는
알몸의 숲들만 허리 휘도록 운다.

거미의 변명(辨明)

저 하늘의 작은 귀퉁이에다
그물을 치며
한 세상 기다릴 겁니다.

날개 달린 예쁜 나비들을 꿈꾸며 ...

여기가 천국이 아니어도 좋습니다.

저 세상에 갈 때까진
나는 이 희미한 거미줄을 놓진 않을 겁니다.
아니, 더욱 열심히 거미집을 지을 겁니다.

늘 보이지 않는 우리들의 희망처럼.

누군가가 부질없다고 해도
이대로 이 세상 저도 모르게 살아 갈 겁니다.
저 빈 하늘에 작은 그물을 치며

하늘의 뜻대로......

잃어버린 너

우린 서로가 말을 주고받지 않습니다.
눈을 감은 채
서로의 꿈을 꾸지도 않고

한적한 곳에
외등불을 밝히지도 못합니다.

침묵의 시간만 다리 난간에 기대어
흐르는 강물을 바라봅니다.

그런 날이 흐르고 흘러도 우린
서로를 나무라지 않습니다.
빈 가슴으로
서로가 무관한 기억처럼 어디론가 떠납니다.

우리가
여기서 사랑을 찾기엔
너무나 어두워졌는지도 모릅니다.

이 늦은 시간까지
가로등불은 끝없이 강물에 부서지는데……

기억의 집

길었어요.
기다림의 시간은 길었어요.

길가의 검은 숲들 지치도록 끝나지 않고
아무도 만나지 못했어요.
힘 빠진 풀뿌리만 잦은 빗물에
떠가곤 했어요.

어두운 하늘을 다 채울 수 없는
불빛들만
가슴 속에 그림자를 드리운 채 울고
끝은 보이지 않았어요.
내 야윈 흔들림의 끝은

골목 어귀의 무심한 찻집에서
물을 따르는 앳된 소녀의 얼굴을 보았어요.
그녀의 그늘진 세상을 보았어요.
가끔씩 그늘진 내 삶을 보았어요.
초라한 인생을.

긴 방황의 바람 속에서도

때론 생각났어요.
누나의 낮달 같은 외로움이 떠올라
쉽사리 지워지지 않았어요.

검은 숲 사이로
흙먼지 피어나는 기억의 집을 짓곤 했어요.
아주, 가끔은......

고목

아직 살아 있다.
고목은
죽은 듯 검은 장승처럼

팔 벌린 채
썩은 가지 수없이 부러뜨리고도
부러진 팔 그대로 옹이 박힌 긴 세월.

가슴 뚫린 구멍으로 바람 숭숭 들어도
빈 가슴 후련히 숨 쉬고 있다.

밑둥은 헐어지고
내린 뿌리 다 드러내고도
고목은 차라리 죽음을 포기하고 있다.

그 자리에서만 오백 년.
물길을 굽어보며 눈을 감지 못하고 있다.
이제는 감겼던 눈마저 다시 뜨고 있다.

푸른 잎사귀 하나, 둘
해 지는 겨울 강에 새봄을 틔우고 있다.

어느 공원의 풍경

잠바에 손 찔러 넣고
스산한 공단(工團) 한 가운데 공원길을
한 공원(工員)이 간다.

늦가을 비가 그친 뒤
찬바람은 공원을 갈갈이 헤쳐 놓고
빗물이 고인 물웅덩이를 바람이
흔들며 지나간다.

공원이 썰렁한 어둠에 잠길 때
잎 하나 없는 나뭇가지가
찬 소리를 지르며 바르르 떨고

거무스름해진 공단(工團) 위로
보름달은 누렇게 떠 올라 고요히
황금빛을 내리고

잠바에 손 찔러 넣고
공원(工員)은 그대로 저 달 속으로 건너 가
꿈을 꾸듯 사라지고
빈 공원만 바람에 휴지 날리고 ......

쓸쓸한 바람을 부르고 싶어요

그대를 부르고 싶어요.
여기 캄캄한 벼랑 끝에 서 있어도

아득한 그대
불러도 다가오지 못할 그대일지라도

목젖에 피 고이도록
가슴 속에 눈물 흐르도록

벼랑 아래 곤두박힌 한 마리 새처럼
한 줌 검불이 된다 해도

나 아직, 갈 숲을 스치는
쓸쓸한 바람을 부르고 싶어요.

아지랑이

얼음보다 더 투명한 벽을 쌓으며
기다리다 지친 밤은 그저 한이 없습니다.
촛불처럼 홀로
어둠을 응시하다 작아진 밤들은
그저 끝이 없습니다.

겨울보다도 더 차가운 시선으로
어디서 당신은 나를 바라보시는지요.
아무런 희망도, 절망마저도 식어버린 날에야
아무도 모르게 당신은
푸른 하늘처럼 이미 내게로 와 서 계시곤 했습니다.

그래도 바람은 언 창을 흔들고
키 작은 사람들에게 복받치는 설움은
우물처럼 깊은 이슬을 밤마다 게워야만했습니다.

당신은 늘 이렇게 기진한 날에 찾아오는 아지랑이 같습니다.

자갈들처럼

묻지 않았다. 절름거리며 다가오는 날들의
이유에 대해서 묻고 싶지 않았다.
그저 관습(慣習)이 들기를 바랐다.
습관의 늪에 빠져 그대로 가라앉기만
기다렸다.

어린 날, 개울에 던져버린 자갈들처럼
맥없이 강물 바닥 어디쯤인가에
주저앉고 싶었다.

그곳에서 자갈들과 함께
울고 싶었다.
강물 바닥, 바닥 세계를 목청껏 울고 싶었다.
그때까지는 묻고 싶지 않았다.
절름거리며 다가오는 꿈들의 이유까지도

그저, 가라앉고만 싶었다.

제**4**부

자고나면 사라지는 사랑

섬

내가 섬이란 것을 알았을 때
너는 울먹이는 바다처럼
내게로 와 부서졌다.

서로의 하얀 아픔들이
시린 발목 아래로 자꾸만 쌓이고
세월에 씻긴 돌들은
파도 밑에서 상처처럼 어지러웠다.

오늘도 너는
내 작은 가슴에 안겨
바다처럼 울고만 있는데 ......

들불 1

강길을 걸었네.
지리하고도 먼 길이었네.
붉은 하늘이 검은 산등성이 위에서
활활 타고 있었네.

아무도 오지않는 바람 찬 길을
밤 새 소리 들으며 걸었네.

강물은 야위어 얼고
덤불이 쓰러지는 강길을
허름한 청춘을 끌고
내가 한 점 들불로 타고 있었네.

들불 2

걸어서 왔습니다. 지루한 오랜 날을
참 많이도 울었습니다.
하늘을 올려 봅니다. 새벽 별들이 차갑습니다.
그믐달은 부끄럽습니다.
바람 센 강길을 걷다가 낮은 들판을 보았습니다.
얼어붙은 이 들판에
이제 따뜻한 들불을 지르겠습니다.
결국, 스스로 꺼지지 않은 심지(心志)는
다시 타오른다는 것을 알았습니다.

날리는 재들이 새벽하늘에 어지럽지만
이 불길이 다할 때까지 걸어서 가렵니다.

밤길 위에서

밤길, 캄캄한
저편으로 밤꽃들이
밤꽃들이 하얗게 피어나고

잠을 잊은 나
떠나 간 사람들을 새하얗게, 새하얗게 기억한다.
밤꽃 같던 향기의 대화들을.

밤길 위의 내 영혼.
젖은 땅에
풀처럼 가는 잎을 내린다.

죽은 새

길을 걷다가
길 위에 죽은 새 한 마리
파란 창공을 포기한 축 늘어진 날개를
나는 보았다.

새의 감겨진 얇은 눈꺼풀
굳게 다물어진 단단한 그 부리를
허공을 향해 뻗은 두 다리가
더는 땅을 딛지 못한 채
날아가 버린 새의 영혼을 나는 보았다.

그 새는 더 이상 울지 못한다.
이 도시에서
힘찬 날갯짓으로 푸드덕이며 새벽하늘을
더 이상 깨우지도 않는다.

새가 떠난 도시의 길모퉁이.
나는 보았다.
사람들은 차가운 빌딩 숲을 지나고 있었다.
그들은 빌딩 숲속에서 마치 새들처럼 재잘대면서
이 숲에서 저 숲으로 살아가고 있었다.

하지만, 그날 나는 길을 걷다가
마치, 착시처럼 보았다.
길 위에 죽은 새 수만 마리를.

종점

사람들이 없다. 자정을 훨씬 넘긴 탓이리라.
종점을 알리는 노란 표시판만이 막막한 아침을 기다릴 뿐
길을 비켜 화물트럭들도 잠이 들었다.

총알처럼 달려 와 손님을 내려놓고 부리나케 돌아나가는
택시들이 깜박이를 켜며 간간이 정적을 흔들 뿐
허옇게 굳어버린 가로등빛 아래
막다른 길에 선 어린 은행나무가 채 자라지 못한 잎들을 지운다.

어디로 갈 것인가.
발걸음을 서두르는 한 여자의 구두굽 소리에
차갑게 잠든 보도가 깨어났다간 다시 잠들고
더 이상 뻗어 나가지 못해 모두들 돌아서고 흩어지는 종점.

차들이 온 종일 흘린 기름방울에 얼룩진 아스팔트 위로
더 멀리 떠나지 못한 사내들의 술잔 기울이는 소리 젖어들고
다음 행선지를 잃은 밤바람은 울고, 불고......

밝힐 수 없는 밤

컹컹 짖어대는 개들의 밤이다. 경계의 밤.
뉘 집 담이든 우습게 타넘는 도둑고양이들의 눈에
안광이 가득 찬다.
붉은 네온싸인은 술집과 여관과 교회를 번갈아 포장하며
거리의 외로운 사람들을 유혹하고
언제부턴지 소녀들은 포장마차에 모여들어
베시시 웃음 쪼개며 소주잔을 할짝거린다.
어두컴컴한 길을 젊은 한 쌍이 어깨를 포개고 지나가는
그 뒷모습이 쓸쓸해 보이는, 까닭을 알 수 없는 밤이다.
밝힐 수 없는 밤이다.

뿌리

고향 길 언덕에 서 있던 큰 나무들
밑둥은 잘려지고 그루터기만 남아
흙을 붙들고 있다.

차마, 놓을 수 없어
조상 대대로 내려 온 고향의 흙을
억세게 움켜쥔 채

그대로 그 자리에서 검은 흙이 되고 있다.

여름 길

위험한 햇살이다. 모두들 그늘을 찾아 숨어들고
해바라기도 지쳐 넓다란 혀를 빼어 물고 돌담에 늘어진다.
웃통을 벗어제낀 공사판 일꾼들이 우박 같은 땀을 쏟으며
얼음 뜬 물냉면을 들이킨다.
들이키면 들이킬수록 더해가는 갈증의 세상이다.
녹아내리는 아스팔트 위로 차들이 헉헉대며 굴러가는
기진한 여름 길.
저 만치, 양산을 든 여인의 한쪽 손에 매달린 꼬마의 또 다른 한
손에선
흰 아이스크림이 형체도 없이 녹아내린다.
무턱대고 녹아내리는 세월이다. 세월이다.

마냥 불안하기만 한 세월이다.

비

수면(睡眠)처럼 비가 내린다.
뻑적지근한 세상살이에 한 점 쉼표처럼
망각의 기쁨처럼 잡다한 것들 위로
씻어 내린다.

비가 내리는 동안은
창문 열린 집들도, 어수선한 골목길도
비 안에 갇혀 울어도 울음이 들리지 않는다.
아무리 빨리 달아나도 벗어날 수 없는
물의 그물 안.

하늘도 비 안에 갇히고
벽 안에 갇혀 몰려오는 수면(睡眠) 너머로
나는 본다.
낮은 곳으로 더 크게 골을 파는 마당의 눈물을.

가슴 가득 고여 오는
이루지 못한 이들의 설움을.

아무에게도 말하지 못한 겨울
- 1980

들판에 봄꽃들이 싱그럽지만
내 가슴엔
마른 풀들 바람에 흐느껴 겨울이 자라고

봄비 내려도
숲길 가득히 알 수 없는 칼날이
죽음처럼 빛나는 나날입니다.

지금은
눕는 풀들의 그림자가 어지러운 저녁입니다.

뜨거운 새벽

당신이 오시는 시간입니다.
가던 발길을 돌려 되돌아오시는
그런 밤입니다.
창 너머, 먼 바퀴 소리들은 한 없이 떠나고 있지만
넘어진 풀들을 헤치고
이슬 맺힌 신발로 묵묵히 오시는 당신입니다.
만남을 위해 밤마다 긴장의 낯빛으로 깨어나는
나의 어깨 위 이슬들이 차가워도
언제부턴지 밤새 가던 길을 되돌아오시는 당신은
내겐 늘 뜨거운 새벽입니다.

그리고, 절망도 모르는 아침만이

느낌도 없이 밋밋한 날들이 나타났다간 사라지고, 사라지고
해 뜨는 곳에서 일어나 해 지는 곳으로 머리 누이며
아픔도 모르게, 연애도 모르게, 기다림도 모르게
집에서 일터로, 일터에서 집으로 가끔씩 폭주하며
가끔씩 흔들리며 나타났다 사라지는
연기같은 날들이 오고 가고 그리고, 절망도 모르는 아침만이
찬 유리창에 눈부시게 부서지고, 부서지고……

가버린 여름

어제의 당신은 오지 않았습니다.
바람에 흔들리는 벗은 나뭇가지들만 울고 서서
지는 햇살을 지키고 있습니다.
아무도 길을 지나가지 않는, 여긴
낙엽만 무성하게 쌓이는 길목입니다.
타오르는 기억의 당신을 향해
찬 유리벽에 기대어 바라보는 밖은
따스한 체온을 잃었습니다.

이제 차가운 계절을 준비해야 할 때입니다.

자고나면 사라지는 사랑

어제는 꽃집에 들렀습니다.
모처럼 붉은 장미를 한 아름 안았습니다.
아, 내일이면 시들어버릴 몸부림입니다.
바람에 꽃이 피 듯, 바람에 꽃이 시듦을 나는 알지만
지금, 각혈로 울컥거리는 눈앞의 장미가
아름답습니다. 덤덤한 가슴으로 돌아 설 때까지
붉은 장미는 아름답습니다.
길모퉁이 어둔 자리에 기대어 뜨거운 노랠 부르는 당신이
자고나면 사라질 사랑임을 나는 압니다.
나는 그저 목메이는 눈물임을······

첫눈

무거운 예감의 하늘이 땅에 내려 와 한참을 서성거리더니 갑자기 쏟아지는 하얀 눈꽃들이 순식간에 이 땅을 점령한다. 산비탈을 타고 와 빈 들과 뼈 드러난 밭두렁을 훑으며 첫눈은 빠르게 빠르게 나아간다. 바람이, 조금도 앞으로 전진할 수 없는 미친 바람이 딱딱한 가로수 껍질에 눈발을 꽂으며, 아스팔트 위로 안개처럼 미끌어지는 눈가루의 혁명(革命), 혁명(革命) 싸릿가지 검게 그을은 몸뚱이가 미친 여자의 머리칼처럼 헝클어져 드러눕는다. 논둑을 가로지른 고압 전선들은 목 늘어져 울고. 강물은 벌써부터 기다린 듯 납작하게 엎드려 유리알처럼 미끌어지고 미끌어지고......

아, 이대로 추워질 것인가!
양지바른 덤불 속에 들어 가 눕고만 싶어지는
아무 것도 해 놓은 것 없는 청춘(靑春)의 시절에
첫눈은 눈부시게 왔다가 사라졌다. 뜻 모를 예감(豫感)처럼 ......

어느 여름날의 전철 1

　더위에 지친 사람들은 졸거나 때론 촛점 없이 멍하니 서로를 서로를 쳐다봤다. 때론 구겨진 신문을 읽으며, 지상에서 지하까지, 지하에서 지상까지인지 모르게 미끌어지는 윤회의 철길 …… 갈아타거나 바꿔 타며 좀 더 빠르게 미끌어지길 갈망할 뿐, 더딘 세월이, 더딘 행복이 때론 껌을 씹으며 껌같은 나날을 씹으며, 때론 박제된 책을 뒤적이며 박제된 삶을 펼치며 무료하게 돌아 갈 뿐이다. 역마다 기다리는 무수한 침묵의 얼굴 얼굴들, 멈추고 다시 떠날 때마다 더러는 오고 더러는 갈 뿐이다. 그렇게 여름 날이 흘렀다. 흐르는 창 밖의 흐르는 도시와 흐르는 철길 가에 푸르게 우거진 숲을 보면서 말을 잃은 사람들도 흘렀다. 빽빽한 집들 뒤로 나즈막한 산들의 물결을 지나치며 눈을 뜨듯 눈을 감고서, 귀를 연 듯 귀를 막고서 거친 신음의 철교 위로 미끌어졌다. 간간이 장님들은 찬송가를 부르고, 간간이 사람들은 동전을 적선하며 어제 내린 폭우에 흐려진 강물을 가로질러 전철은 흘렀다.

　서로의 호주머니 깊숙히……(소리도 없이)
　숨겨 둔 마음들을 교묘하게 훔치며, 흘리며 ……

어느 여름날의 전철 2

눈을 감았다. 마주 앉은 이들의 시선을 피해 편하게 눈을 감고 생각했다. 이 탄탄한 철로는 어디로 흐르는가. 아무리 생각해도 떠오르지 않는 간이역들이 가물거렸다. 생각하려 애쓰다가 눈을 떴다. 눈을 떠도 눈을 감은 듯 사람들이 보이질 않았다. 사람들의 말소리가 먹먹한 진공 속에 떠 흔들렸다. 그들의 낯선 체취가 코를 타고 넘어 왔다. 찡그리듯 다시 눈을 감았다. 갑자기 생각이 났다. 얼굴들, 의미도 모른 체 이미 가버린 아는 얼굴들이 컴컴한 지하 터널을 줄지어 달렸다. 얼마를 달리다가 컴컴한 의식의 창틈으로 뿌연 빛이 스며들어 와 이내 밝아졌다. 어둠 속에서 마주하던 그 얼굴들이 지워졌다. 순간 , 눈을 떴다. 밖에는 거대한 대지(大地)가 환부(患部)처럼 갈라진 그 한가운데로 한강 물이 흘렀다. 그 큰 환부(患部)의 상처들이 시야에서 사라질 때까지 수 없이 울먹이는 가슴들이 어깨걸이를 한 채 물결처럼 햇빛에 반짝이는, 반짝이는 우리들의 역사(歷史)를 생각했다.

지금, 우리는 어디로 가는가?
이 탄탄한 철로는 어디 쯤 흐르는가?

차가운 숲

빌딩 숲 위로 피 흘리며 하루가 또 쓰러지고
말을 잃은 사내들 우두커니 어둠만 응시하다
돌아 서며 지워지고, 지워지고 ...
강을 따라 하구로 날던 새들도 강변에서 흩어지고
지친 사지를 펴고 바람도 풀밭에 드러눕는다.
검은 혀를 널름거리며, 강은
차가운 숲을 감아 돌며 소름끼치게 애무하고, 애무하고 ......

뱀 같은 세월.
화 ~ 악, 내가 먼저 너를 향해 독을 뿜고 싶다.

아픈 눈

눈이 아파.
아픈 눈 속의 세상이 아파.

이슬 빛 안약을 눈물처럼 떨어뜨려도
충혈 되어 어지러울 뿐.

아픈 눈이 가시질 않아
아픈 세상이 가시질 않아

눈이 아파.
아픈 눈 속에 핀 자연의 삶들이 너무도 아파.

씨

그 푸른 가지들이 모두 꺾어져버린 뒤
비로소 내 꿈은

한 톨, 웅크림으로 까맣게 타고자 했다.

유충열 시집
걸어서 숲이 내게로 왔다

인　쇄 2025년 2월 20일
발　행 2025년 2월 28일

지은이 유충열
발행인 유충열
펴낸곳 유랜드출판사
발행소 인천광역시 계양구 장제로 755번길 6-10
　　　　101동 902호(계산동, 뉴서울아파트)
전　화 010-2799-8928
작가 이메일 dbcndduf45@naver.com
출판 등록